KB003573

글벗시선 137 임선형 첫 번째 시집

참 좋은 당신

임선형 지음

도서출판 글벗

참 좋은 당신

임선형 시집

시집을 출간하며

오늘 참 좋은 당신을 만났습니다.
꽃과 같은 어여쁜 그대의 얼굴입니다.

고이고이 가슴으로 적어서
마음 깊은 곳에 담아 봅니다.

솜털 같은 그대의 마음을
꼭꼭 싸서 온몸으로 엮어놓았습니다.

바람결에 그대의 사랑이
내 귓가에 살그머니 와 닿습니다.

꿈결에도 그대의 느낌을
온전하게 기억하기를 소망합니다.

내일도 참 좋은 당신을
사랑으로 만나길 기원합니다.

2021년 6월

차 례

■ **시인의 말** 시집을 출간하며 · 3

제1부 여행에서 만난 꽃

1. 기다림의 끝 · 13
2. 긴장을 푸는 방법 · 14
3. 방황 · 16
4. 오늘도 힘내요 · 18
5. 어느 봄날 · 19
6. 오늘 · 20
7. 인연 · 21
8. 소풍 · 22
9. 참 좋은 당신 · 23
10. 그리움 · 24
11. 바램 · 26
12. 꽃잔디 추억과 사랑 · 27
13. 끝과 시작 · 28
14. 여행에서 만난 꽃 · 29
15. 갓 바위 · 30
16. 낙숫물 · 31
17. 멍울 · 32
18. 사랑 · 33
19. 비의 유혹 · 34
20. 친구의 외출 · 35
21. 옛 추억 · 36

제2부 그대의 미소

1. 서로의 봄 · 39
2. 그리움이 더해지면 · 40
3. 송홧가루 · 41
4. 먼 길 떠나보내면서 · 42
5. 너와 나 · 44
6. 맘 · 45
7. 그대의 미소 · 46
8. 울 엄마 · 47
9. 이해 · 48
10. 비와 커피 · 49
11. 그 무엇보다 귀하단다 · 50
12. 눈물 한 방울 · 52
13. 너라면 · 54
14. 연 · 55
15. 인생살이 · 56
16. 불면증 · 57
17. 야간 운전 · 58
18. 귀향길 · 59
19. 체기 · 60
20. 삼월이 · 61
21. 봄이 오는 소리 · 62

제3부 하루의 소리

1. 소식(1) · 65
2. 이월이 · 66
3. 눈의 능력 · 68
4. 또 하루 · 70
5. 왜 · 72
6. 기대 · 74
7. 거짓말(1) · 75
8. 하루의 소리 · 76
9. 욕심 · 77
10. 나의 하루 · 78
11. 세상이 · 80
12. 도망 · 81
13. 삶 · 82
14. 멈추고 싶어 · 83
15. 이제 그만 · 84
16. 빼꼼히 · 85
17. 또 · 86
18. 희망 · 87
19. 오늘은 문득 · 88
20. 내 누울 곳은 · 90

제4부 그대가 물이라면

1. 어느 날 · 93
2. 찐아, 쭈야 · 94
3. 내 삶의 현장은 항상 지금이다 · 96
4. 그냥 안아줘 · 98
5. 그대가 물이라면 · 100
6. 폭염 속 · 102
7. 띵동 · 104
8. 서녕이의 작은 바람 · 105
9. 이별 · 106
10. 내 엄니 사랑합니다 · 108
11. 기도 · 111
12. 바로 지금입니다 · 112
13. 소확행 · 114
14. 서녕 · 116
15. 어느 마지막 봄날 · 118
16. 도우소서 · 120
17. 안부 · 122
18. 나뿐이라네 · 123
19. 끔찍한 일 · 126
20. 정답 · 127

제5부 마지막 이별 앞에서

1. 무엇이 · 131
2. 마지막 이별 앞에서 · 132
3. 이런들, 저런들 · 134
4. 정 · 135
5. 기약 없는 기다림 · 136
6. 당신을 기다려봅니다 · 138
7. 단 한 사람 · 140
8. 한걸음 · 142
9. 내 마음 · 143
10. 살다 보면 · 144
11. 귀한 이에게 · 146
12. 고운 미소는 · 147
13. 거짓말(2) · 148
14. 세 치 혀 · 149
15. 소식(2) · 150
16. 용서 · 151
17. 이유가 무얼까 · 152
18. 보도블록 · 154
19. 세월아 · 155
20. 아쉬움 · 156

■ **서평** 자신을 성찰하는 열정과 진솔의 시심 / 최봉희 · 157

제1부
여행에서 만난 꽃

기다림의 끝

고운 단풍이 떨어지고
앙상하게 남은 가지에

내일을 위해 숨어 잠자는
어여쁜 새싹들이 있으니

그리움을
가득 담아 기다리면
그 고운 손을 내밀겠지요

긴장을 푸는 방법

여인네 속곳처럼
겹겹이 꿰어 맨
마음의 빗장을
하나하나 풀어냅니다

꽁꽁 동여매어
숨도 쉬지 못했던
가슴을 풀어헤치고

크게 심호흡을 한 번 하곤
단전에다 힘을 있는 대로
힘껏 주지요

그리곤
사방을 둘러봅니다.
혹여라도 누군가 들을세라
누군가 볼세라 확인이 되면

혼이 빠져나가도 좋을 만큼
통곡하기도 하고

목청이 찢어져라
미친 듯이 웃기도 합니다

그리고
가만히 나를 안고
토닥토닥

사랑해, 사랑해
사랑해, 선형아
괜찮아, 괜찮아
괜찮아. 선형아

방황

천둥이 우르르 쾅쾅
번개가 번쩍번쩍
사방으로 후드득
날 선 검이 날아올랐다

허둥지둥 신발을
신었는지 벗었는지
모르고 밖으로 나왔다
나와 보니 빈손이었다

가만히 망설이다가
다시 돌아갔더니 그곳은
언제 그랬냐는 듯이
고요하다 못해 적막하다

그 적막함이 숨통을
조여 오는 것 같아 살짝
다시 돌아서서 나왔는데
눈길 머무는 곳이 없구나

눈물 날 때 파묻을 가슴 하나
지쳐 기대고 싶을 때
가만히 기댈 등 하나
가지지 못한 삶이 고달프구나

이 세상천지 어디에도
곤고한 이 몸뚱어리
뉘일 곳이 보이지 않으니
어찌 살아야 하나 싶다

오늘도 힘내요

고운 빛의 단풍이 모두
대지를 뒤덮어 버리고
앙상한 가지만 남아
내년 봄을 기약하지요

비에 흠뻑 젖어
짙은 흑색을 띠고 있네요

겨울을 재촉하는
이 비가 그치고 나면
매서운 바람이 뺨을
스치고 때리는 폭풍한설
겨울이 성큼 자리를 잡겠지요

겨울이 매서울수록
다음 해 풍년이 든다지요
우리네 삶도
지금은 견디기 힘들어도
북풍한설 속에 있더라도
더 풍성한 내일을 위해
오늘도 힘내요

어느 봄날

여명이 동트는 시간
라일락꽃 향기가
살그머니 코끝에
내려앉아 잠을 깨우네요

꽃비가 내리는 새벽길
배웅하라고 간질간질
가슴을 두드리네요
못 이기는 척 눈을 떠보네요

부스스 눈 비비고 일어나
물 한 모금 마시고 나오니
살랑살랑 불어오는
봄바람이 마중 나오네

오늘 하루도 고운 임
사랑하는 이가 오기 전에
행운이랑 행복이가
두 손 꼭 잡고 가시길…

오늘

또 하루가 방긋
살그머니 왔다
반가이 맞이하자

오늘은 어떤 하루가
날 기다리고 있을까
심장이 콩닥콩닥

오늘 하루는 살짝
달달한 하루였음
마음이 그리 말하네

오늘 하루는 조금
조용한 하루였음
온몸이 그리 말하네

오늘 하루는 별일 없는
평온한 하루이길
간절히 바래봅니다

인연

고운 인연 하나 내게로
조심스럽게 다가오네
어찌 받아야지
망설일 새도 없이
가슴에 내려앉아 둥지 트네

당황스러움이 함께 하네
무엇을 해야지
어떻게 해야 하지
허둥지둥 설왕설래
들뜬 가슴 제멋대로 나대네

상대가 눈치챌까 싶어
조심스레 눌러보지만
염치없이 제멋대로네
애야, 나 좀 봐주라
타일러 보지만 살며시…

어느새 자리 잡고
슬그머니 올라오는
파란 새순이 예쁘다
한잎 두잎 쑥쑥 크는 구나
인연의 나무가 꽃이 피길…

소풍

오늘이라는 하루로
작은 봇짐 하나 등에
울러 매고 소풍 갑시다

맛난 김밥 한 줄 싸서
봇짐 속에 넣어놓고

계란 두 알이랑 알밤을
삶아 한 귀퉁이에 넣고

목메일 때 뚫어줄
물 한 병만 챙겨 넣고

등짐이 너무 무거우면
하룻길이 힘들 테니
가벼이 떠나봅시다

참 좋은 당신

꽃과 같은
그대의 얼굴
고이고이
가슴에 접어 넣고

솜털 같은
그대의 마음
꼭꼭 싸서
온몸에 엮어놓고

바람결에
그대의 사랑
살그머니
귓가에 와 닿네요

꿈결에도
그대의 느낌
온전하게
기억하기를…

그리움

오늘은 유난히
멀리 소풍 가신
내 아버지
내 어머니
두 분의 목소리가
두 분의 웃음소리
두 분의 모습이
그립고
그립습니다

내 어머니
내 아버지
어찌 그리 멀리
그 먼 길을 그리
서둘러 가셨나요
이 딸이 이리
애달프고 그리워
할 거란 생각은 못하셨나요

때가 되면 누구나

가는 소풍 길이건만
세상이 어찌 이 딸에게만
이리 아프게 할까요
이 그리움 서러움이
되어 목울대를 치는데
보고 싶은 내 사랑하는 임들
이젠 평안하소서

바램

시린 가슴이 모여 꽃망울이 되었구나
절망 어린 마음이 모여 꽃을 피웠구나
이젠 편안하려나 싶어 만면에 웃음꽃을
피웠더니 앙칼진 비바람의 시샘인가

일고의 배려도 살핌도 없이
가지를 뒤틀고 흔들어 내피와 살이
거름이 되고 햇볕이 되어 핀 꽃들이
꽃비가 되어 땅으로 곤두박질이구나

미처 붙잡을 새도 없이 바람 끝에
미처 생각해볼 새도 없이 빗물에
씻기어 내려앉은 꽃잎들이 어찌나
나를 닮은 것 같아 더 가슴이 저미는구나

이 꽃잎들이 떨어진 자리엔
누구도 상상할 수 없는 귀하고
아름다운 열매들이 자리를 잡고
탐스러운 모습으로 다시 태어날 것을 믿습니다

꽃잔디 추억과 사랑

곱고 고운 꽃잔디가
가슴을 툭 치고
심장을 쿵 울리고
눈을 동그랗게 뜨게 하고
발걸음을 서두르게 하네

어릴 적 화전 부쳐 입에
곱게 넣어 주시던
엄니 생각에 더 반갑네
울 엄니가 날 반기는 것 같아
설레며 달려가 보았네

아직은 꽃이고 싶네
아직은 사랑이고 싶네
아직은 내 임을 보고
예쁜 꽃처럼 고운 미소
함께 하고 싶은 청춘이고 싶네

끝과 시작

꽃잎이 하나둘
땅으로 내리며
이별을 고하니

꽃잎 진 그 자리에
푸르름이 찾아와
사랑은 시작하네

그 어느 것도
영원한 것은 없네
다투지 말고 가세

여행에서 만난 꽃

몇 년 만에 집을 떠나
낯선 거리로 나섰다

여기저기 아름다운
주먹 벚꽃과 청벚꽃

내 평생 처음 본 청벚꽃
가슴이 두근두근

예쁜 임 고운 임 모두
하하 호호 웃음꽃 가득

갓바위

목포 9경 중의 하나
갓 바위가 뭐지?
궁금함을 가득 품고
살방살방 발걸음을 옮겼다

초입에서 만난 그는
실망, 그냥 돌덩어리네

그러나 한 걸음 한 걸음
걸어가며 내 눈에 들어오는
그의 모습은 가히

중후한 모습으로
단아한 모습으로
수수한 모습으로
멋있음의 끝을 보여주네
가히 절경이로구나
저절로 감탄사가 터지게 한다

낙숫물

소리 없이 안개비가 내리더니
깊은 밤이 되니 모두 모여
반가운 빗방울들이 기와 위에
장독대 위에 처마 끝에서
저마다의 소리로 아래로 아래로

톡톡
투더덕 투더덕
찰랑찰랑
후드득 후드득
각각의 소리로 귀를 파고 드네

아침에 눈에 들어온
낙숫물 떨어지는 모습
양철관을 타고 모두 모여서
고무 그릇으로
와르르 와르르 떨어지며
고무신 속으로 쏘오옥

멍울

또르륵 또르륵
눈물이 소리 없이
콧등을 타고 흐른다

뭉글뭉글
가슴속에서 마음이
뭉치며 아우성이다

울컥울컥
멍울들이 목울대를
넘어서 흐느끼는 구나

무엇이 그리
맺히었을까
무엇이 그리 아픈 거니

맺혀 있는
멍울들을 어찌
녹여야 눈물이 마를까나

사랑

꽃잎이 물어 들인
어여쁜 걸음으로
가슴속 한켠으로
예쁜 꽃 하나둘
앞다퉈
피어난 사랑
고운 마음 시작해

네 마음 내게 주고
내 마음 네게 주며
너와 나 하나 되어
아픔도 씻어주듯
서로의
꿈을 키우며
사랑으로 살으리

비의 유혹

빗물을 머금어서
촉촉이 젖어 들어
보드란 속살처럼
마음을 설레게 해
연록 빛 잎사귀 유혹
심장이 떨려온다

사랑비 내려와서
따뜻이 포옹하면
촉촉이 젖은 입술
천천히 다가오듯
설렘은 꽃봉오리가
벌어지듯 열린다

친구의 외출

따르릉 전화 왔다
표시 창 친구 이름
반가워 여보세요
나야 나 들뜬 소리
친구가 갇혀 지내다
외출은 마냥 좋아라

또르르 옥구슬이
상큼하게 들려온다
내 사랑 그와 함께
외출한다면서
기쁨을 감출 수 없는
마냥 고운 내 친구

옛 추억

곳곳에 소담스레
고운 빛 자태 속에
지나간 옛 추억이
눈앞에 자리 잡네
봉당에 함께 앉아서
작약 뿌리 만지네

부모님 지휘 아래
형제들 모두 모여
누구나 할 것 없이
다 함께 껍질을 까
누가 더 많이 했냐고
키 재듯이 재본다

제2부

그대의 미소

서로의 봄

우리는 서로의 봄이고
너와 나의 봄은 꽃이 피듯이
사랑이 피어나는 것이고

봄이 오면 얼음이 녹듯이
우리의 사랑도 무르익어가고 있고

봄이 오는 길목에
사랑이 살방살방
영원히 피어나는
시들지 않는 꽃이 되자

그리움이 더해지면

그리움이 더해지면
사랑이 영그는 거라오
보고픔이 더해지면
당신이 그리워지는 거고

가슴이 시리어 오면
사랑이 아파오는 거라오
삶이 시리어 오면
당신이 보이지 않는 거고

오늘이 행복한 것은
당신의 사랑 덕분이라오
봄이 아름다운 것은
꽃이 피는 것을
당신과 보기 때문이라오

송홧가루

어느덧 여름 문턱
사방이 노란 바람
어디서 날아오나
샛노란 가루들이
온 세상 물들이겠네
까만 차 노래졌네

어느새 봄이 가고
꽃들은 떨어지고
덩달아 송홧가루
날아와 물들이네
너와 나 사랑놀음을
예쁘게 색칠하네

먼 길 떠나보내면서

비단결 같이 찰랑찰랑
나폴 거리던 머릿결은
흔적도 안 보이고…

초롱초롱 호숫가에 비친
별같이 빛나던 눈망울은 어디로…

뽀얀 새 각시 속살 같던
보드라운 솜털 같은
그대의 백옥 같은 피부는…

사내답지 않게 앵두같이
여인네의 붉은 입술 같은
빠알간 핏빛이던 그대 입술은…

사랑하는 임은 어디에
곱고 아름답던
그대 모습은 보이지 않고
앙상한 모습만 남았구려
20년 세월이 그대를…

이제 그 모습마저…
한 줌 재가 되어 돌아온
세상에 단 하나뿐이
내 사랑 잘 가요

미안해요
더 오래 그대 간직하지 못해
고마워요
먼 길 싫다 하지 않고 홀로 떠나주어
사랑해요
내 삶이 다하는 그날까지

너와 나

너와 나
우리 사이에
누가 있는 거니?

너와 나
우리 사이에
우리만 있는 거지?

너와 나
우리 사이에
지난 시간도 함께야?

너와 나
우리 사이에
지금만 함께 하고 싶어

너와 나
우리 사이엔
너와 나만 있었으면 해

맘

눈을 꼭 감았다고
세상이 안 보이나
마음을 열어 놔봐
새날이 다가올걸
세상사 맘먹기 나름
잔잔한 미소 가득

오늘은 화사하게
입가에 고운 미소
장착해 웃어보소
인생이 달라질걸
내 인생 예쁘게 하자
너와 나 우리 위해

그대의 미소

순수한 모습으로
하루를 맞이하고
진실한 맘으로
오늘을 만들어보세
그대의 미소가
타인에게 위로가
되어보는 시간이 되시길…

내리는 빗방울이
새롭게 보이듯
꽃잎에 대롱대롱
매달린 빗방울이
아름다워 보이듯
그대의 미소가
주위를 따뜻하게 만드시길…

울 엄마

울 엄마란
노래가 귓가에 들리고
울 엄마란
소리가 마음을 찢는다

한오백년
노래에 귀를 울리고
한오백년
소리에 가슴이 녹는다

이 풍진 세상에
노래는 내 엄니 고생이
이 풍진 세상에
소리에 엄니의 여생이

내 마음을 찢고
내 가슴을 녹이고
그리움에 눈물 젖는
이 밤 어찌 보낼까

이해

나만이 옳다 우김
내 사랑 아파 울지
너만이 맞다 하면
네 사랑 속상하지
오늘도 너만 보는데
조금만 참아보지

예쁜 날 내게 와서
고운 날 네게 가면
우리가 만났잖아
첫눈에 내 거 하자
사랑을 약속했는데
이해하자 조금만

비와 커피

내리는 비를 타고
은은한 커피 향이
고운 임 소식 듣고
내게로 사뿐사뿐
버선발로 다가오네
설렘에 두근두근

커피잔 사이에서
마주한 그대 모습
꿈인가 싶어 깜짝
수증기 속에 모습
눈 비비고 다녀보니
어여쁜 내 임이네

따끈한 커피 한잔
그대와 나누면서
오늘도 미소 속에
행복을 노래하네
마주치는 눈길 속에
사랑비가 내리네

그 무엇보다 귀하단다

집안 곳곳에 있는
귀한 그릇도
예쁜 찻잔도
비싼 차들도
몸에 좋다는 보약도
아들아
이것들보다 내겐
네가 가장 귀하단다

각종 청들이
십 년이 넘었다고
내 아들보다
귀하지 않고
금은보화가 아무리 귀한들
내 아들보다 귀하지 않고
집안에 그 어떤 물건도
너보다 귀하지 않단다

세상의 그 무엇이
사랑하는 내 아들보다

귀할 수가 있겠니
오랜 시간 혼자 맘고생
시켜 미안하고 미안하다
너를 지킬 수 있다면
난 아무것도 필요 없단다
그 무엇보다 네가 가장
귀하기 때문이란다

눈물 한 방울

먹먹함이
가득히 차오른다
답답함이
가슴을 메운다
서글픔이
마음을 적신다

눈물 한 방울
또르르
굴러서
어디로 가는 걸까
발끝에서
톡 떨어져 부서지네

하늘을 한번
올려다보니
검은빛이
가득한 그곳에
저 멀리 아득하게
작은 빛이 반짝

반짝이는
별빛에
자신도 모르게
입가에
살포시 피어나는
작은 미소 어여쁘네

너라면

너라면 언제라도
너라면 어떤 일도
너라면 작은말도
너라면 내가 미워
화가나 속이 상해도
담아두지 않겠지
다른 이 어떤 소리
다른 이 속살거림
다른 이 이간질에
네 마음 흔들리지 않은 줄
나는 아는데
어찌 너만 모르니

연

세상의 인연들이
오늘의 나와 만나
마음을 나누면서
서로를 알아가며
세월을 함께 걸어가
마무리를 하자네

손가락 꼭꼭 걸며
약속을 하였건만
세상사 마음대로
흐르지 아니하고
오해가 쌓여 버리니
얼굴 보기 힘드네

인생살이

무섭다 세상사는
오늘이 너무 겁나
어디로 숨고 싶어
눈치를 살짝 보네
하지만 사방 어디도
숨을 곳이 없구나

겁먹지 말고 가자
어제도 살아냈고
오늘도 애썼잖아
두려워하지 말고
한걸음 또 나가보자
서녕아 널 응원해

불면증

어제도 쪽잠 속에
오늘은 뜬 눈으로
보이지 않는 미래
발목이 터지도록
온몸이 부서지도록
애를 써도 못 잔다

심장이 두근두근
마음이 설렁설렁
생각이 오락가락
모래성 수도 없이
쌓았다 부숴버려도
잠은 어디 언제 자

야간 운전

아들과 약속해서
발걸음 재촉하니
졸린 눈 비벼가며
운전대 잡았으나
막히는 도로 상황이
너무나도 지치네

가다가 급정거해
은근히 끼어들고
실종된 깜박이와
피곤에 지쳐버린
나에겐 악몽이구나
안전 운전해야지

귀향길

땅끝마을 해남에서
길이 막힐까 염려스러워
서둘러 봇짐을 꾸렸다

꼬불꼬불 시골길을
열심히 달려서 드디어
고속도로 위에 올랐다

씽씽씽 시원하게 달린다
신나서 과속하면서
가다 보니 비상등 행렬이다

갑자기 멈추게 된 차들이
뒤차를 배려하는 마음으로
눌러준 깜박 등 감사하네

가다 서다 무한반복
군산휴게소에 들러
급한 볼일 해결하고 나니

전주한옥마을로
행선지가 바뀌어버렸네
귀향길이 멀기만 하구나

체기

여행지에서
배가 아프다 하네요

약을 먹고
괜찮아 진듯한데

저녁때 되니
또 아프다 하네요

스트레스로 인해
자꾸 체한다네요

삼월이

삼월이가 살랑살랑
손을 흔드네
난 이제 먼 길 떠나니
잘들 사시라고요

삼월이가 떠나가는
모습을 사월이가
지긋이 바라보네요
어여 갈 길가라고

이제 내가 네 자리를
대신할 테니 코로나19
데리고 빨리 가라고
재촉하네요

우리 사월이랑은
좀 더 자유롭고
건강하게 행복하게
도란도란 알콩달콩
지내봐요

봄이 오는 소리

톡톡톡
무슨 소리지
눈을 들어
사방을 돌아보니
연초록의 새순이
빼꼼히 머리를 드네

톡톡톡
이 소린 뭐지
살그머니
꽃망울들이
살공살공 껍질을 벗네

톡톡톡
심장을 두드리는
이 소린
임이 오는 소리인가
두근두근 누구의
심장 소리일까

제3부

하루의 소리

소식(1)

봄이 살그머니
곁에서 재롱을
피어대니
버들강아지가
살랑살랑 꼬리치며
재롱을 피우는
지금 평안함을 묻습니다
강건하시고 복된 날이시길…

이월이

이월이가
안녕~~~
눈물을 흘리며
걱정스러워
어찌할 줄 모르며
가고 있네요

이월아
코로나19가
험난한
세상살이가
네 발목을 붙잡지
못하게 할 거니 가거라

삼월이가
살그머니
꽃소식을 가슴에
가득 담아
꽃 몽우리 않고
어느새 자리했다네

삼월아
이월이가
치우지 못한
바이러스도
네가 모두 치우렴
세상살이에 힘도 주고

눈의 능력

살포시 소리 없이
차곡차곡 흰 눈이 오네

나뭇가지 위에 살포시
도로 위를 포근하게 덮네

내 마음속의 아픔 위를
오롯이 덮어주네

외로움을 감싸주고
그리움을 불러오는구나

살그머니 떨어지면서
대지의 목마름을 적셔주고

온종일 내 가슴의 서러움을
씻어주는구나

부드러운 너의 형체처럼
내 마음의 메마름에도

포근한 네 느낌처럼
말캉말캉해지기를

예쁜 사랑의 연서가
네가 소리 없이 천지를 덮었듯이

고운 임의 소식이
소리 없이 날아오기를…

또 하루

또 하루가 밝았네
오늘 하룬 어찌
살아내야 하지

눈을 뜨면
늘 감사함으로
하루를 맞이했는데

오늘은 오늘은
감사하지만
이 막막함은
무얼까

난 어디로 가야 하나
순간을 잘 못 판단한
대가로
십 년 넘게 캄캄한
터널 속에서 애썼는데

아무리 어둡고

아무리 컴컴해도
아무리 끝이 안 보여도
이 터널이 끝나면
밝은 빛이 나를 반기겠지
하면서 한 걸음 한 걸음 왔는데

이젠 어디로 가야 하나 싶다
이 나이에 내가 가야 할 길을
찾아 다시 먼 여행을 시작해야
한다니 그저 먹먹하다

미안하고
또
미안한 마음만 있는
사랑하는
내 식구들에게
어찌 갚아야 하나

왜

왜?
하고 물어온다
왜
그렇게 하는 건데?
왜
그게 필요한 건데?
왜
해달라는 건데?
왜
제멋대로인데?

대답하면
해결해 줄 것도
아니면서
왜
자꾸 따지고
드는 건지
알 수가 없네

내 새끼한테는 되고

남의 새끼한테는 안 되고
무슨 마음인지 알 수가 없다
내 새끼 귀하면
남의 새끼도 귀한걸
제멋대로 아닐걸
왜
모를까?

기대

코끝에 스치는 바람에
묻어온 서늘함이

귓가에 스치는 소리에
따라온 외로움이

눈가에 비치는 연인들
속에는 그리움이

오늘따라 가슴을
사각사각 갉아먹는구나

서늘함을 덥혀줄
따뜻한 그 사람은

외로움을 없애줄
포근한 그 사람은

그리움을 채워줄
달달한 그 사람은

오늘도 내게로
한 걸음 더 가까이 왔겠지

거짓말(1)

당신이 좋아?
거짓말
당신만 사랑해?
거짓말
당신이 최고야?
거짓말
내가 지켜줄게?
거짓말
내가 다 해줄게?
거짓말
당신만 있으면 돼?
거짓말

입만 열면
거짓말만 하는
사기꾼의
끝은 어디일까?

하루의 소리

와글와글
사방에서
재깔재깔
나이에
상관없이

까르르르
깔깔깔
여기저기서
소속에
상관없이

와아아
끼야악
짝짝짝
함성과
박수 소리에

오늘 하루가
시작되었고
오늘 하루가
지나가는구나
합동 조회도

욕심

길가의 어여쁜 꽃 한 송이
사람의 가슴이 심쿵하게
아름다운 자태로구나

욕심 많은 나그네
그냥 지나치지 못하고
자기 욕심에 꺾어 들었네

꺾어 들어 손에 쥐니
뿌리가 없는 꽃은
힘없이 제 모습을 잃어버리네

못된 나그네 보소
자기가 꺾어 시든 꽃
휙~ 저 멀리 던져버리네

나의 하루

살포시 눈을 떠봅니다
밝은 햇살이 눈동자를
간지르네요

쭈우욱
기지개를 펴고
툭툭툭
몸에 묻은 잠들을
털어내고 샤워장으로

양치하고
세수하고
샤워하고
바르고
두드리고
차로 가서
출근하고

전쟁을 치르듯이
하루의 일과들을

보내주고
드디어 퇴근
맛깔스러운 저녁을
준비해
도란도란 한술 떠서 먹곤
잠자리를 준비하면서
하루를 마감합니다

세상이

세상이 나를
아무리 잡고
흔들더라도
난
굳건하게 서 있지

세상이 나를
아무리 잡고
고문하여도
난
쓰러지지 않지

세상이 나를
아무리 잡고
사기를 쳐도
난
나를 지켜내지

세상이 나를
아무리 잡고
우롱을 해도
난
지금도 웃지

도망

도망갈까?
아냐
그러면 안 돼
네 자리를 지켜야지
그래
알았어 다시
주저앉아본다

그러나
얼마 안 되어
난
또다시
도망갈 곳을 찾아
두리번거리기 시작한다

어디로 가지
어디에 가면
이 고통이
이 힘든 일들이
사라지지
난 오늘도
도망갈 궁리만 하고 있구나

삶

살아야 한다네
멈추지 말아야 한다네
숨을 쉬어야 한다네

약을 먹으라네
난 싫은데
그리 살긴 싫은데

살기도 싫고
계속 가는 것도 싫고
숨을 쉬는 것도 싫은데

벌려 놓은 것은 많고
책임져야 할 것은
왜 이다지도
날 기다리고 있을까?

멈추고 싶어

후루룩 자신도 모르게
주저앉아 버렸다
무엇하나 지탱할 것이 없구나

이 한세상 그리 애쓰며 살았는데
이제, 그만
이제, 그만

이생의 마침표를 찍어야 하나
어찌 정리해야 하나
사방을 둘러봐도 답이 없다

그만하고 싶은데
멈추고 싶은데
방법을 모르겠다

이제, 그만

이제는 모든 것을 그만하고 싶다
살아 숨 쉬는 것조차도
이젠 내겐 너무 버거운 것이 되어버렸다

무작정 기차에 몸을 실었다
어디로 데려가려나
무엇을 바라고 탔을까

하염없이 흐르는 눈물은
회한의 눈물인가
왜 흐르고 있는 걸까

심장이 너무 아파 너무 아파
숨이 쉬어지지 않는다
쿡쿡꾹 꼬챙이가 심장을 헤집는다

빼꼼히

빼꼼히 겨울이
가을을 밀어내고
얼굴을 들이민다

놀란 가을은
어느새 저만치
도망을 가버렸다

겨울이가 오니
사방이 아우성
싸늘함이 가득하네

그럼에도 오늘
친구의 토닥임이
언 맘을 녹이는구나

또

또 한 해가 갔네요
또 그날이 오네요
또 아픔이 스치네
또 눈물이 나네요
또 그리워지네요
또 보고파 시려요
또 이날이 오겠지
난 또 이렇게 아프겠지
다치는 것도
아픈 것도
힘든 것도
심장이 타들어 가지 않기를
이제는
그만 멈추기를 소망해봅니다

희망

끝이었나 했더니
시작되었습니다

이젠 마지막인가 했더니
새로운 시작이었습니다

바닥이구나 했더니
계단이 날 반기네요

암흑 속에 갇히는 줄 알았습니다
희망이 빛이 마중 나오네요

내가 포기하지 않는 한은
난
다시 살아날 수 있습니다

오늘은 문득

오늘은 문득
당신이
무척이나
그립고 보고 싶습니다

당신과 함께했던
눈물 나게 힘들었던 일
하얗게 밤을 지새우며
당신을 기다리던 일

당신을 만나서 얻은
세상에 단 하나뿐인
보물들이 생겼고
기쁨을 알았습니다

당신으로 인해
세상이 주는 행복과
당신으로 인해
하늘이 주는 행복을
맛보았습니다

고맙습니다
감사드립니다
사랑합니다

당신이 부르시는
그날까지
당신을 바라며
당신의 뜻을 따르게
허락하시기를…

내 누울 곳은

산등성이에도
빨간 단풍잎이 누웠고
길가에도
노란 은행잎이 누웠고
보도블록 위에도
알록달록 낙엽이 누워있다

그런데
내 작은 육신 뉘일 곳은
그 어디인가
이리저리
눈을 돌리지만 보이지 않고
찬바람만 스치고 가는구나

무거운 마음을 누일 곳은
쓰라린 가슴을 누일 곳은
아릿한 상처를 누일 곳은
후드득 떨어지는 눈물은
누일 곳은 고사하고
기댈 곳 하나 보이지 않네

제4부

그대가 물이라면

어느 날

어느 날 문득
내게 다가온 이
어느 순간
설렘으로 왔네
절망의 문턱에서
하늘의 말씀을 듣게
안내했네
죽을 수밖에 없던 이를
주님 앞에서 살게 했네
그런 그가 어느 날
이제는 그만 살아야 한다네
따뜻한 밥 한 번 같이 해 먹자
하는데 시간 없다 미뤘었네
이젠 그에게 아무리 주고
싶어도 그는 함께 하지 못하네
험난한 세상살이가 힘들었는지
그는 작별 인사도 없이
먼 길을 혼자 가버렸네

찐아, 쭈야

소리 없이 내리는
빗물이 사르르
꽃잎을 실어
천지를 뒤덮는구나

소리 없이 내리는
내 눈물 주르륵
시린 가슴과 함께
애간장이 끊어지는구나

빗물과 함께
떨어진 꽃잎들은
아름다운 열매들의
모태가 되었건만

눈물과 함께
떨어진 미안함들은
무엇이 되어
이 시간을 견디려나

미안하고
미안하고
또
미안하구나

감사하고
감사하고
또
감사하구나

사랑하고
사랑하고
또
사랑한단다

주님이 내게 보내주신
귀하고 귀한
보물들 찐아, 쭈야

내 삶의 현장은 항상 지금이다

지금
내 앞에 있는 것은 소망 있고
내 주위엔 기쁨의 소리가 있다
많은 시간을 살아오면서
내 삶이 좋기만 했을까요

거센 비바람에 맥없이 젖을 때도
때론 느닷없이 내리치는 천둥 번개가
어느 순간엔 칠흑 같은 어둠이
내 삶을 채우기도 했지요

그럼에도 불구하고
내가 지금 감사할 수 있는 거는
나를 지키시는 그분이 함께하셨기
때문입니다

지금
나는 마음의 빗장을 풀려고 합니다
사랑의 눈을 뜨고 주위를 보며
긍휼의 귀를 열어 그의 소리를 듣고
복의 근원인 입을 열어 희망을
전하려 합니다

지금
내 이름 불러 주는 이 있어
나를 바라보는 이 있어
나를 사랑하는 이 있어
나와 눈을 맞추는 이 있어
내 마음을 알아주는 이 있어
감사합니다

지금
내 그리움에
내 사랑에
내 기다림에
대답해 주는 이 있어 감사합니다

지금
나 살아서 그대를 보는
그 이유 하나만으로도
오늘이 감사합니다

지금 그대도
감사함으로
하루를 시작하시고
은혜로운 시간이 되고
승리하는 오늘이시길
사랑합니다

그냥 안아줘

가끔 아무 이유 없이 찾아오고
무엇으로도 해결할 수 없는
참 희한한 마음의 감기가 있다

누구나 한 번쯤 겪어봤을 수도 있고
어쩌면 한 번도 겪어보지 못할 수도 있다
어떤 이는 그걸 보고 시련 당했냐 묻고
또 어떤 이는 우울증이냐 묻는다

뭐냐고, 왜냐고 묻지 말고
그냥 안아주길…. 토닥토닥 쓰담쓰담

이유를 묻는다는 건 알려줘도
이해하지 못하는 것과 같은 것이다

왜냐면 사람은 누구나 자신의 경험을
토대로 판단하기 마련이고

남의 걸린 암보다 자신의 감기가
더 아프다고 느끼는 것이

사람의 마음이다

뻥 뚫린 마음 한켠 메우기가
상처에 후시딘 바르듯
그리 쉬우랴

때론 우리가 살면서
다 알지 못하고 겪게 되는
이해할 수 없는 일들이 많다

그럴 땐 이해하려 하지 말고
그냥 마음으로 안아주라
그것이 사람과 사람의
마음 나눔이 아니겠는가

그대가 물이라면

사랑하는 그대가
물이라면
참
좋겠습니다

내가 원하는 모양의
그릇에다
담으면
내가 원하는 모양이 되어줄 테니

그리울 때 시원하게 내 온몸을 덮어
버릴 수도 있을 테니
굳이 그리워하며 아파하지 않아도
될 터이니
차라리 그대가 물이었으면 좋겠습니다

보고픔에 목 오름이 올라오면
한 잔의 뜨거운 커피처럼
호호 불어가면 내 몸속에
가두어 버릴 수 있을테니까요

언제라도 내 갈증을
시원하게 가시게 해줄 수 있을 테니
차라리 그대가
한 병의 물이었음 참 좋겠습니다

그래서 그대가
물이라면
정말 좋겠습니다

오늘도 사랑하는 그대의
하루가 쏟아지는
이 물줄기처럼
시원하게 해결되는
기쁨과 소망의 하루이길
간절히 기도드립니다

폭염 속

폭염 속에서 우리 임들
하루하루 예쁘게 감사하게
고운 하룻길을 만들어가요

온종일 너무 더워
이 무더위가 미워지려 해도
미워하지 말고 사랑하며 가 봐요

자기가 지금 어디를 가는지
무엇을 하고 있는지 묻지 않아도
먼저 이야기를 해주는 사람이 좋다

나를 정말 좋아하는 사람은
나를 불안하게 하지 않는다

그럼 느껴지잖아
사랑받고 있다는 게

사랑하는 사이엔 신경 쓰이게 하지 않는다
그래도 신경은 쓰이지만 말이다

토닥토닥 쓰담쓰담
살포시 안아주자
그럼 그대 마음이
고스란히 전해질 것이다

사랑해
사랑해
진심으로 널 사랑해

네가 내게로 와주어서
내 인생은 또 다른 시작을 했단다
고마워
내 인생의 터닝포인트가 돼주어서

이 세상 끝 날까지
너와 함께 가고 싶어
힘들면 이렇게…

띵동

띵동, 띵동
벨소리가 울린다
45번 고객님
46번 고객님
고객님, 고객님
병원에선 환자가
고객이니
고객님 하는 게 맞는구나

대기하면서
끝없이
들리는 벨 소리
고객님 소리
여기저기서
설명하는 소리
슬그머니 불편해지는 심기를
가만히 누르면서
내 차례를 기다려봅니다

서녕이의 작은 바람

그대와 둘이
늘 함께 가는 길
서로의 따스함으로
작지만 따스함이 묻어 나오는
행복한 공간 속으로
한 걸음 한 걸음
자박자박 걸어가고

같은 공간
같은 시간을
함께 공유하고 있는
우리라는
이 일체감이 참 좋네요

오늘도 건강하시고
따뜻함이 가득 찬
고운 미소 늘 입에 물고
하시는 일 대박 나세요

그대의 벗 선형

이별

이젠 그대 잡은 손을
놓아야 할 때가 온 것 같아요
당신의 손톱이 내 심장을
너무 깊숙이 찌르고 있어서
숨을 쉴 수가 없답니다

그 숨 안 쉬어도 난 괘념치 않지만
나중 숨 끊어진 창백한 내 모습에
그대 가슴에 흐르는 피눈물에
오열하는 당신이 걱정되어서
이젠 그대 잡은 손을
놓아야 할 때가 온 것 같아요

그대로 인하여
세상을 얻었었고
새로운 사랑으로
메마른 대지를 소리 없는 봄비가
대지를 촉촉하게 적시듯
그대로 인하여
여인으로 다시 태어날 수 있어서

감사했습니다

이젠 그대 잡은 손을
감히 놓아야 할 때가 왔다고
말은 하지만
나 그대 손을 놓고도 살아갈 수 있을지
자신이 없습니다
그대를 덜 아프게 하는 것이
또한 내가 살아나려면 어떻게
해야 하는 것인지 알려 줄 사람 없을까요?

누가 정답을 가지고 있나요?

내 엄니 사랑합니다

새벽부터 뚝뚝뚝
떨어지는 눈물방울이
볼을 타고 허락도 없이 흐른다

한 걸음 한 걸음 내디딜 때마다
천 만근의 무게로 땅에서
떨어지지 않는 발을 떼어내면서
편마비 환자인 울 엄니 재활시킨다고
혹독하게 엄마를 몰아붙이던 생각에
울 엄마 이 한 발짝을 떼기 위해 얼마나
힘이 드셨을까?
얼마나 내가 원망스러웠을까?
난 성한데도 기운이 빠지니 이리 힘든데
생각만 해도 가슴이 에리네요

종일 바쁘다는 핑계로
나 먹고 살기 힘들다는 핑계로
하루 또 하루를 미루다
엄마가 너 보고 싶어 하셔 소리에
알았어 하고는 난 또 다른데 정신이 팔려

울 엄마를 뒤로 미루곤 했답니다

오늘은 새벽부터 엄니 생각에 울 엄마 날 키우시면서
얼마나 많이 우셨을까 생각하니 나도 모르게
후두둑하고 눈물이 볼을 타고 흐르더니 종일
눈물 나는 일만 가득하네요
집으로 가던 중 울 엄니 얼굴이나 한 번 더 봐야지
하고 엄니 집 앞에 차를 세웠는데 내 설움에
한바탕 통곡하곤 차분해진 다음 아파트 문을
열고 들어갔습니다

어쩐 일이니?
어제도 오고 그제도 오더니 또 왔네
하시면서 다 빠진 이 때문에 텅 빈 잇몸을
들어내시면서 환하게 맞아주시는 내 엄니
엄마 보너스야 내일이 어버이날이잖아
그래서 내가 선물로 왔어
좋지, 잘했다 하시면서 웃으시는 내 엄니

마비된 팔이 아프신지 꼭 쥐고 계시기에
엄마 이리 줘봐 내가 해줄게 하면서
주무르기 시작하니 너도 일하고 와서 힘든데 하지 마
아냐 엄마 돈 드리는 거보다
이게 엄마한테 더 좋을 것 같아서 하는 거야
그랬더니 돈보다 이게 더 좋지, 하신다

얼마나 아프시면 그러실까 싶어 다시 울컥한다
꾹 참고 어깨부터 주무르려고 엄마를 잡은 순간
난 얼음이 되고 말았습니다
뼈가 바로 손에 덜그럭거리면서 잡혔기 때문입니다
엄마
엄마
엄마
죄송해요
미안해요
내 사는 거 아무리 힘들어도
다시는 엄마한테 소홀히 안 할게요
다른데 한눈파느라 엄니 뒤로 안 미룰게요
예쁘게 웃는 얼굴로 자주 올 테니 날 봐주세요

　

　

　

                              - 당신을 사랑하는 딸 서녕올림

기도

힘들다고 아우성인
내 가족의 울부짖음을
외면하지 않게 하소서

먹고 사는 것 때문에
가족의 고통을 모른 척
눈감게 하지 마소서

내가 힘들다고
다른 가족까지
힘들게 만들지 않게 하소서

없는 것에 불평불만 하지 말고
내가 가진 것에 감사하고
작은 것도 나누며 사는 따뜻한
가족이 되게 하소서

가슴을 메이는 고통이 와도
서로 보듬어 안고 중보기도로
서로에게 힘을 주게 하소서

감사와 찬양이 끊이지 않는
가족이 되어
살아있음에 감사하고
믿음의 명가를 만들게 하소서

바로 지금입니다

언제나 그 자리에서
내가 기다리고 있을 거라
생각하지 말아요, 그대
내 뜻은 아니지만, 어느 순간
난
그 자리에 있을 수 없게 될지도
모르니까요

다음에 해야지
나중에 해야지
쑥스러우니까
말 안 해도 알겠지
하고
사랑한다는
그 말도 미루지 마세요
다시는 그대가 사랑한다고 말하고
싶어도 난 세상에 없을지도
모르니까요

일이 많아서 다음에

바빠서 그러니 나중에
어제 봤으니까 됐잖아
내가 그만큼 시간 냈으니
보채지 말고 시간 날 때 보자
당신이 시간 나서 날
보고자 찾을 땐 난 이미
그대가 손닿을 수 없는 곳으로
사라져 이슬이 되어 날아가서
흔적도 없이 사라질 수도 있답니다

이제 더 이상
나중에
다음에
시간 되면
바빠서라고
뒤로 미루지 말고
바로 지금 당장
당신의 사랑을
마음을 담은 몸짓을
보여야만
후회하지 않으실 겁니다
바로 지금이 그때랍니다

소확행

보슬보슬
부드럽게 비 내리는 날
사랑하는 친구들과
일탈을 했습니다

내리는 비 덕분인지
아니면 너무 설레어
잠을 설친 탓인지
목적지에 도착하자
온몸이 으스스 눕고 말았네

걱정스레 이마를 짚어주는 친구
점심 준비를 위해
또각또각하는 도마소리
코끝을 스치는 된장찌개 냄새
밥이 다 되었다고 알리는 소리

바비큐장으로 이동해서
활짝 웃으며 맞아주는 숯불
그 위에 이글이글 익어 가는 고기

걱정스레 구워준 고기 한 점
입에 들어가니 절로 힘이 나네

배가 불러 이제는 맛있는 커피 한잔
간절하게 생각날 때쯤 늦게 나타난 친구
따끈따끈한 호박떡과 바리스타를 대동
커피 가는 소리와 향긋한 커피 향이
가슴을 설레게 하네요

커피 한 모금 입에 무는 순간
온몸을 스치는 전율
으흥~~~
잔잔하게 흐르는 음악과
사랑하는 친구
낙숫물 소리까지
이보다 더 좋을까
감사함이 차고 넘칩니다

서녘

사랑이란 놈이 어느 날
사르르 가슴으로 스몄네요
허락하지도 않았는데
자기 집인 양 자리를 잡고
짐을 풀어놓고 살림을 시작했네요

처음엔 부비부비도 잘하고
바빠서 죽겠다고 하면서도
화장실에 가서 몰래 전화도 하고
아무도 없는 방에 살포시 기대어
목소리 듣고 싶다고 들려주던 그가

바쁘다고 얼굴 볼 새도 없네요
목소리 듣는 것도 종일 기다려
해가 지고 목이 늘어나서 기린 목이 되면
그때야 그의 소리를 듣네요

나만 볼 줄 알았는데
그에겐 해바라기가 많이 있네요
하나하나 챙기느라

그의 짬짬이는 내게 허용되지 않네요
그저 그리움에 가슴 저미며 그거라도
볼 수 있음에 감사해야 하네요

나만 걱정하고 쓰담쓰담해 주는 줄 알았는데
나보다 더 가까운 이들이 있네요
그래도 그가 멀어질까 두려워서 그저 그냥?
내겐 피곤해서 잔다던
그 또 다른 이와 밤 인사를 나누었네요
그저 바라보면서 쓴웃음만
나와 함께 하네요

시간, 시간 피가 마르고 살이 타들어 가는
이 상황들 사랑, 너란 놈을 잃을까
무서워서 표현하지도 못하고
나는 내 생명을 야금야금
네게 내어 주고 있는데
너는 아느냐?

어느 마지막 봄날

갈증에 목이 타는 대지에
장맛비처럼 내리던 봄비에
땅을 뚫고 살포시 고개 내밀던
새순들이 힘차게 꽃을 피우는
마지막 봄 어느 날에
사랑하는 그와 영원히 간직할
예쁜 추억 하나 만들고 싶습니다

새파란 하늘과 맞닿은 어느 바닷가
한쪽 켠 살포시 자리한 찻집에서
사랑하는 그이와 같이 잔잔한 파도 소리와
익숙한 음악 소리에 귀를 맡기고
푸른 바다에 나와 그를 맡기고도 싶습니다

아카시아꽃 향이 가득한 산등성에
나의 손에 그대의 손을 맞잡고
한목소리로 주님을 찬양하면서
꽃향기에 취해도 보고 싶답니다

새벽이슬이 촉촉하게 우리의 어깨를

두드릴 때까지 작은 공원 벤치에 앉아
오손도손 그대와 나의 이야기를 나누면서
어느 봄날의 마지막 밤을 같이 보내면서
하늘이 내게 허락하신 그대의 품 안에서

당신을 사랑할 수 있어서 행복하다고
그대의 귓가에 속삭여도 보고 싶답니다
이 봄의 끝자락에서 아쉬움에…

도우소서

살이 탄다
심장도 탄다
피도 다 타버리네
뼈는 녹아내리네
남는 게
무엇인가?

무엇이 이리도
온몸을 메스로
살들을 한 점 한 점
포를 뜨듯이
저며내는가?

내가 잘못한 게
이리 온몸이
온 마음이 모두
난도질을 당할 만큼
많이 했나?

누가?

무슨 권리로
내게 이러는 걸까?
어디 가서 말할 수도 없고
어찌 해야 하나요

주님~!
내 아버지시여 날 좀
돌아보소서
제게 긍휼과 자비를
베푸소서

안부

밤새 저 하늘 위에서
반짝반짝 빛나던 저 별이
당신이었나요

밤하늘 밝히시느라 한잠도 못 주무셨나요
어두움 속에서 색다른 쉼을 가지셨나요

여명이 밝아오네요
동쪽 끝에서 붉게 피어나는
저 태양이 당신인가요

환한 빛으로 이 땅에 오신
그분의 말씀을 전하러 오셨나요

오늘 하루 구석구석 어두운 곳에
그대의 빛이 소망이 되게 하시길…

바다에 성난 파도가 아무리 세게 와도
잔잔하게 만들듯이 그대의 오늘도
주님의 은혜로 잔잔한 날이길…

서녕이가 기도합니다

나뿐이라네

갈 곳을 잃은 눈동자는
아득한 하늘을 본다

아무것도 보이지 않을 것 같은
새까만 하늘에도
소리도 없이 작은 빛들이
어둠을 뚫고 살며시
하나둘
밤하늘을 수놓고 있건만

너무 어두워서
반짝이는 저것이 무엇인지
잠시 머뭇거려보지만
이내 밤하늘을 수놓은 것은
작은 별들의 합창인가 하네

아무것도 없을 것 같은 어두운 하늘에도
하나둘 별들이 서로 동무하는데
어이해 나만 홀로 어두움만 바라보고
가슴이 시려 아파하는가

그대는 나를 정녕 잊었나요

모자라도 부족해도
차고 넘쳐도 풍족해도
그리 중요치 아니하오
그저 나 하나만 바라보고
늘 나와 함께 하기만을 바라지만
그거조차 신은 내게 허락지 않는구려

언제나 난 혼자이구려
늘 혼자였지
이 험한 세상 속에 나뿐인가 싶으니
울컥 서러움이
가슴을 채우고 목젖을 적시는구려

이 밤도 지나간 사랑이
그리워지게 하지 말기를
지금 나를 보고
나를 소중히 여기기를
언제나 이곳에 있을 거라 착각하지 마소

뿌리가 채 내리기도 전에 흔들어
버리면 죽어버리고 만다오
살기 위해 발걸음을 돌리게
마음을 접게 하지 마소

너무 아파서 비명조차 차마
내지 못하고 있는데…

눈을 들어 앞을 보았을 때
눈을 돌려 옆을 보았을 때
목을 돌려 뒤를 보았을 때
나뿐인가 하고 놀라게 하지 마소
내가 여기 있으니 걱정하지 말고
안심하라고 그대 눈으로 지켜주소

결국은
나뿐인가 하게 마시길…
누구나 혼자라지만
내가
서녕이가 기도해 줄게
힘내

끔찍한 일

신문에나 나는 일인 줄 알았습니다
TV에서나 뉴스로 보는 건 줄 알았습니다
어느 날 갑자기
당신은 먼 길을 떠나고 말았습니다

당신이 떠난 날 당신 형은 고주망태가 되어
우리 집 거실을 뒤집는구려
이래도 되는 건지요
어찌해야 하나요

당신이 그리워 주체할 수 없는 그리움이
눈물 되어 볼을 타고 흐르는데
내가 왜 당신 형의 저 못된 행동을
달래고 얼러야 하나요

당신이 이 세상을 떠나갈 때
마지막 인사도 못 하게 그때도
만취가 되어서 중환자실을 막던 그 일을
지금도 잊을 수가 없는데

어찌 인두겁을 하고
당신을 기리는 이 자리에서
이리도 후안무치한 행동을
부끄럽지도 않은지…

정답

서러움이 목울대를 찍어 내리고
답답함이 가슴을 채우고
보이지 않는 눈을 들어
사방을 바라봅니다
탈출구를 찾아 하염없이
두 눈을 굴려보지만 보이지 않는 출구

어디지?
어디 있지?
어느 쪽이야?
한줄기 섬광이 스치듯
가슴이 뭉클
눈앞이 환해집니다
감사가 답이라네요

제5부

마지막 이별 앞에서

무엇이

무엇이 너의 발목을 잡았니
무엇이 너를 힘들게 하는 거니
무엇이 네게 고통을 주는 거니

무엇이 너의 생각을 지배하니
무엇이 너를 웃지도 못하게 하니
무엇이 네게 눈물이 흐르게 하니

무엇이 너의 일상을 흔들고 있니
무엇이 너를 아프게 찌르는 거니
무엇이 네게 잠을 빼앗아 간 거니

이제는 내려놓아 보자
이제는 버리고 비우자
이제는 자유롭게 날자

마지막 이별 앞에서

어느 날 갑자기
그대 내게 이별의 인사도 못 하고
먼 길 떠나실 제
그대 가슴이 얼마나 아렸을까

이제 나 그대를 다시 한번
멀리 보내려 합니다
20년 세월이 언제 갔는지
아무리 찾아도 안 보이네요
두근두근 두방망이질 치며
요동치는 가슴을 진정하려
애써봅니다

사랑하는 당신을 또다시
먼 길 먼저 가게 해서
미안해요
외롭게 혼자 가게 해서
정말 미안해요

그대를 혼자 보내려 하니

내 가슴에 핏물이 비가 되어
내가 되고
강이 되어
바다를 이루는구려

눈을 들어 그대 모습을
그려보지만
세상천지 그 어느 곳에도
그대는 보이지 않는구려
어디에 계시나요

나 그대를 다시 보려면
주께서 내 삶에서
생명을 거두시면
그땐
그대를 다시 볼 수 있으려나

이런들, 저런들

이런들 어떠며
저런들 어떠리
그래도
한세상 시간은 가고
우리는
서로의 부끄러움을
덮어줄 수 있는 친구라오
힘들고
지치면
가만히 곁에 있는 친구의
어깨에 얼굴을 기대어
보는 것은 어떠하리오

고운 밤에
그대들이
고운 꿈길로
고운 여행을
떠나서
고운 임들 품 안에
평안한 쉼을 기도하오

정

살그머니 주머니 속에
찔러 주시던 차비에
묻힌 그 마음
우산 속에 가득 고이더니
톡 토독
비가 되어 내리네

하얀 코고무신 신은
그 발치에
오도독오도독 씹히는
아릿한 그리움이
토닥토닥
비가 되어 내리네

저 멀리 보이는 산자락에
걸린 뭉게구름들이
옹기종기 모여서
내 마음을 담아
투덕투덕
비가 되어 내리네

기약 없는 기다림

간다고
가야 한다고
이별의 말도 없이
그대 떠나 행복한가요

긴긴 시간
그대 떠난 빈자리에
내 눈물로 채웠고
심장을 저며 내어주었네요

하루하루
그대가 그리워
밤하늘의 별들에게
내 마음을 전해 달라 했네요

난 그대가
보고프고 보고파
영혼이 빠져나가기 전
그대 모습 꿈속에라도 보길

지쳐갈 때
꿈길에 찾아와
애처로운 눈빛으로
가만히 안아주던 당신

그런 그댈
난 오늘도
기약이 없는 만남을
하염없이 기다리네요

당신을 기다려봅니다

이승의 삶을 떠나 먼 길 떠난
그대가
어느 날 날 보러온다면
행여나
혹시나
꿈길에라도 오시려나
애달프게 기다려봅니다

며칠만
아니
단 하루만
아니
한 시간만
아니
일 분만이라도
그대가 내게 오기를 기다려 봅니다

그대 가슴에 얼굴을 묻고
엉엉 소리 내어 울어보기를
따뜻한 가슴에 온몸을 안기어

힘들었다고 칭얼거리면
잘하고 있어
잘 할 거야 하고
쓰담쓰담
토닥토닥 한 번만 해주어도
나 힘을 내어 파이팅할 텐데
하고 기다려봅니다

단 한 사람

꽁꽁 얼어붙은 마음을 녹이고
깊숙한 곳에 묻어 두었던 말을
꺼내 놓고 싶은 사람이
단 한 사람이 그대였으면 좋겠습니다

고통에 연속이었던 그 시간을 꺼내면
가만히 가슴을 내어 주는 사람
기댈 수 있게 살그머니 어깨를 내미는 사람

서러움에 또르르 떨어지는 내 눈물을
부드러운 눈길로 바라보는 사람
손등으로 떨어지는 눈물을 닦아주는 사람

미처 치료하지 못했던 상처로 방황하면
어쭙잖은 충고보다는
그냥 그 자리에서 가만히 지켜봐 주는 사람

산 넘어 산인 내 삶에
지쳐가는 나에게
따끈한 차 한 잔 내어 주는 사람

아픔을 나누어 마실 수 있는
희망을 나누어 가질 수 있는
가슴을 내어 주는 그런 사람

껍데기가 아닌
입에 발린 말이 아닌
사랑이 뚝뚝 묻어나는 사람

맞잡은 손에 진심이 전해져 오는
따스한 사람이 그대였으면
참 평안이 내게 오겠습니다

한걸음

한 걸음 내디뎌야 하는데
한 걸음 떼어야 하는데
한 걸음도
옮길 수가 없다

무엇인지 모를 그 무엇이
가슴을 꽉 메워 버렸나 보다
먹먹함이 숨통을 조여 온다

앞으로 나아가야 하는데
1도 움직일 수가 없구나
어떻게 가야 하는 건지
무엇을 해야 하는 건지

그럼에도 불구하고
난
오늘도 한 걸음을 내딛으려
온 맘을 다해 움직여 보련다
온 힘을 다해서 한 걸음 떼어본다

내 마음

애잔한 내 마음 한 방울
쓸쓸한 내 마음 한 방울
서러운 내 마음 한 방울
이 마음들이 모여서 한 송이
꽃을 피운 것인가 싶어

아릿한 내 마음에 희망이
외로운 내 마음에 온기가
서글픈 내 마음에 미소가
피어나는구나 싶어서 살포시
두근거리는 맘을 덮어본다

마음의 풍랑이 잔잔해지면
마음에 평안이 찾아오면
때가 되면 꽃이 피고 지듯이
내게도 내일의 해가 날 비추겠지
감사함으로 오늘과 이별해봅니다

살다 보면

헤아릴 수 없는 시간 속에서
널 그리워하면서
그 시간 속에서 너도 나와
같은 마음이었을까
다른 곳을 바라보고 있지 않았을까

스치는 바람에 너를
흐르는 빗물에 나를
서리서리 내리는 서러움 속에
우리를 묶어 놓아보지만

떠도는 구름 속에
굳게 맺은 언약은 숨어버리고
어찌해야 좋을까
기다림만 나를 붙드는구나

살다 보면 내 속을 알 수 있을까
나와 같이 있으면 이해하려나
기다렸는데 넌 돌아올 수 없는
먼 길로 나를 두고 떠나버렸구나

너와의 꿈같은 사랑을 기다린
세월이 어느새 이십 년이구나
그리 멀지 않아 우리 다시 만나
예쁜 사랑을 하게 하시려나

하늘에 소망을 담아
감히 꿈을 꾸어본다네
내 아버지 하나님께
엎드려 기도해봅니다

살다 보면 네가 떠나 가버린 것처럼
어느 순간이 내게 오면
나 또한 주님이 부르시게 되겠지
살다 보면 나도 너를 따라가겠지

두 아이를 지켜주시길
두 아이의 앞길을 열어 주시길
내가 아닌 그가 아닌
아버지께서 두 아일 지켜주시길

귀한 이에게

고운 일들로 가득한 고운
하늘에게 귀한 것은 달과 별입니다
땅에게 귀한 건 대지 위에 꽃과 열매이며
나에게 귀한 이는 이 글을 읽고 있는 당신입니다

그대를 사랑한다는 말은 할 수 없어도
그대를 사랑하는 마음은 보여줄 수 있습니다
나는 그대를 만날 때 보다
그대를 생각할 때가 더 행복합니다

오늘도 기도드립니다
오늘도 그대의 하루가
날이 되기를…

고운 미소는

꺼져가는 사랑의 불씨를
다시 살려내는 능력이 있습니다

상대의 마음에 온기를
풍족하게 채워주며
찰나의 기억을
가슴에 깊이 새기게 합니다

7월 한 달도
환한 미소와 함께하는
희망 가득한 한 달
행복이 넘치는 한 달
사랑이 피어나는 한 달
마음껏 웃어도 되는 달이 되시길…

선형이가 기도드립니다
힘내시고
승리하시는 7월이 되실 것입니다

거짓말 (2)

길이 아니면 가지를 말고
말이 아니면 하지를 말고
믿음을 주지 못할 거면
시작하지 말아야지

작은 거짓말들이 신뢰를
무너뜨리고 상처로
남아 상대를 죽이는 것을
어찌 모르는지 모르겠소

이젠 정말 어찌 행보를
해야 할지 답이 안 보이네요
답답하고 또 답답하여
숨이 안 쉬어지는 이 상황
너무 당혹스럽고 기가 막히오

세 치 혀

세 치 혀 어느 순간
날 선 검이 되었구나

누구를 베고 싶어
서슬이 시퍼런가

조심해, 사람 죽이니
한번 뱉음의 끝이니

상대가 누구라도
함부로 말한다면

너와 나 아픔이니
그 또한 잘못된 일

네 말이 부메랑 되어
지옥 속에 빠지리

소식 (2)

바람이 그리움을
살포시 실어 와서
가슴에 내려놓고
사랑을 깨워보네
내 임의 소식 전하려
실려 왔나 살피네

구름이 가득 담아
비님이 보고픔을
빗물에 실어 왔네
그 임의 예쁜 마음
빗속에 숨겨왔는데
눈이 멀어 못 보네

용서

전쟁을 치렀다
지난 한주는
태어나서 생전 처음
겪는 일들이 폭풍처럼 나를 덮쳤다

곧 죽을 것 같이
온몸에서 피가 빠져 나갔다
아무것도 먹을 수가 없었다
깊은 잠도 먼 나라 이야기

그래도 시간은
흘러가고 난 살아있다
나를 힘들게 한 사람이
바로 나였구나 생각하니 더 화가 난다

미칠 듯이 스스로
원망도 해보고 괴롭혔지만
길 위에 쓰러지는 상황만
결국 다른 사람들께 민폐만 더 끼쳤다

할 수 없이 나를 내려놓고
나 스스로 토닥이면서
용서하고 보듬어 주지 않으면
다른 이들에게 또 다른 아픔이 되더라

이유가 뭘까

관심 있는 단체에
글을 올렸다
그곳을 아끼고
함께 하고 싶어서
내 마음을 담았다

무슨 이유에서인지
글이 사라져 버렸다
내가 잘 못 올렸나
갸우뚱 아무리
생각해도 모르겠다

다시 올렸다
어머나
또 다시 사라졌다
무슨 일이지?
무엇이 잘못된 걸까

밤 열두 시가 넘어서
다시 올려 보았다

그리고
이번엔 살펴보았다
어라 금방 사라졌다

이유가 무얼까?
처음에 삭제할 때
이유를 말해 주었으면
서로 수고를 안 했을걸

보도블록

정사각형 시멘트 벽돌
모래 먼지 마사토까지
휙 바람이 불어오니
어느새 눈 속으로 쏘옥
들어가 버리는 모래들
따끔따끔 눈물이 줄줄

이 사각형의 벽돌들과
씨름이 시작되었다
땅을 파고 모래를 모으고
자리를 다듬고 줄을 띄우고
보도블록을 깔기 시작했다
왜 이리 제멋대로지

허물고 다시 시작했다
열심히 수평을 맞추고
고무망치로 두드리다
아얏~~ 어느새 손가락을
고무망치에 내어 주었다
눈물 쏙 빠지면서 완성

세월아

무엇이 그리 급해
저 멀리 도망가듯
빨리도 가버렸네
잡지도 못했구나
내 청춘 어디로 갔나
살필 새도 없었네

기다려 주었으면
천천히 가주기를
바라고 고갤 드니
세월아 나이 육십
이룬 것 하나도 없네
어찌 그리 가셨나

아쉬움

야들야들
파릇파릇
부드럽게
겨울을 이기고
세상에 얼굴을
내밀었던 그대들이
혹독한 더위와
폭풍 속에서도

어느새
빨간 옷, 노란 옷,
알록달록 갈아입고
이별의 손짓을 하며
하나둘 대지 위로
하강하네요

잘 있어요. 아프지 말고
그리워도 말고
다음 봄에 만나요
안녕, 안녕, 안녕
하면서요

자신을 성찰하는 열정과 진솔의 시심
– 임선형 시집 『참 좋은 당신』

최 봉 희(시조시인, 평론가, 글벗 편집주간)

시란 무엇일까? 인생이 만져지는 실체가 아니듯, 시가 손에 구체적으로 확연히 잡히지 않는다. 다만 시 쓰기는 본능적인 생명의 지향성처럼 우리에게 반드시 존재한다. 그 누가 시키지 않았음에도 자발적으로 글로 삶을 표현하고 있기 때문이다. 그리하여 인생과 예술의 드높은 미학이 비로소 창조되는 것이다.

시인에게 시라는 실체는 삶을 표현하는 존경할 만한 행위다. 그래서 시를 만나러 갈 때면 항상 가슴이 설렌다. 아니 조금쯤은 흥분되거나 긴장감이 앞선다. 그 때문에 시인은 그 아름다운 곳을 향하여 의심 없이 달려간다.

첫 시집을 출간하는 임선형 시인의 첫 시집 『참 좋은 당신』도 마찬가지다. 첫 시집을 출간하는 그 설렘은 어땠을까? 시인은 어쩌면 힘겨운 삶 가운데 스스로 응원하는 행복한 순간이 되었으리라.

무섭다 세상사는
오늘이 너무 겁나
어디로 숨고 싶어
눈치를 살짝 보네
하지만 사방 어디도
숨을 곳이 없구나

겁먹지 말고 가자
어제도 살아냈고
오늘도 애썼잖아
두려워하지 말고
한걸음 또 나가보자
서녕아 널 응원해
- 시조 「인생살이」 전문

진정한 시의 실체에 대한 갈망만큼 진정한 자아에 대한
갈망은 간절하다. 굳이 말한다면 '나'라는 실체를 부정할
수가 없다. 저쪽에 있는 시와 달리, 이쪽에 있는 나는 지금
여기에, 이렇듯 생생한 생명으로 숨 쉬고 있기 때문이다.
그래서 시인에게는 자신을 응원하는 그 무엇이 필요하다.
바로 지속적인 끈기와 노력이다. 바로 자신을 성찰하는 글
쓰기, 곧 시 창작의 영속적인 행위가 아닐까 한다.

그대와 둘이
늘 함께 가는 길
서로의 따스함으로

작지만 따스함이 묻어 나오는
행복한 공간 속으로
한 걸음 한 걸음
자박자박 걸어가고

같은 공간
같은 시간을
함께 공유하고 있는
우리라는
이 일체감이 참 좋네요
- 시 「서녕이의 작은 바람」 일부

'시란 무엇인가'라는 물음에 시인은 이렇게 대답하는 듯하다. 힘겨운 삶에서 그대와 함께 자박자박 걸어가는 길, 그리고 글을 쓰고 읽는 일체감이 있는 공간을 사랑한다. 시인들은 '나'에 대한 관심과 갈망은 지속적이고 생생하다. 그것은 추상이 아닌 '객관적 실증이 있는 현실'이기도 하다. 시인은 '나'라는 몸을 갖고 태어난 존재다. 다만 다른 이와 다른 점은 나의 발견과 표현, 글말에 전념하는 모습을 보인다. 이를 위해 글을 쓰는 행복한 공간에 함께 하는 그 누군가가 필요하다. 어떤 절대자일 수도 있고, 글나눔을 실천하는 글벗일 수도 있다. 함께하는 행복을 공감하고 응원해 주는 존재인 것이다.

사랑이란 놈이 어느 날

사르르 가슴으로 스몄네요
허락하지도 않았는데
자기 집인 양 자리를 잡고
짐을 풀어놓고 살림을 시작했네요

처음엔 부비부비도 잘하고
바빠서 죽겠다고 하면서도
화장실에 가서 몰래 전화도 하고
아무도 없는 방에 살포시 기대어
목소리 듣고 싶다고 들려주던 그가
바쁘다고 얼굴 볼 새도 없네요
목소리 듣는 것도 종일 기다려
해가 지고 목이 늘어나서 기린 목이 되면
그때야 그의 소리를 듣네요

나만 볼 줄 알았는데
그에겐 해바라기가 많이 있네요
하나하나 챙기느라
그의 짬짬이 내게 허용되지 않네요
그저 그리움에 가슴 저미며 그거라도
볼 수 있음에 감사해야 하네요

(중략)
시간, 시간 피가 마르고 살이 타들어 가는
이 상황들 사랑, 너란 놈을 잃을까
무서워서 표현하지도 못하고
나는 내 생명을 야금야금

네게 내어 주고 있는데
너는 아느냐?
– 시 「서녕」 전문

 앞에서 언급한 것처럼 시인에게는 언제나 함께하는 사랑
이 필요하다. 그 사랑은 절대자일 수도 있고 아니면 함께
살아가는 배우자, 혹은 사랑하는 사람일 것이다. 그 관계에
는 분명 사랑이 존재한다. 그래서 시인은 시시때때로 자신
의 생명을 내어 주듯이 그 사랑을 표현할 수밖에 없다.
 사람의 인생이 힘겨운 것은 사랑에 만족하지 못할 때가
아닌가? 사랑도 힘이 없거나 의심이 들 때가 분명 있다.
그러나 사랑은 감정이 아니라 의지이고 노력이다. 사랑은
온 마음과 사랑을 담은 말, 그리고 따뜻한 행위로 나타나
야 하기 때문이다.
 많은 시인들은 시를 이렇게 말한다. 시는 "내 몸과 정신
의 난타 공연이자 내 뼈 안에서 울리는 내재율"(신달자)이
다. "말하고 싶어 쉴 새 없이 몸이 들썩였던 것"(최영철)이
다. 그런가 하면 "몸속에서 울부짖는 생명의 소리"(신대철)
라고도 했다.
 결국 사랑은 남김없이 모두 열정으로 표현해야 한다. 사
랑에는 '적당히'는 없기 때문이다. 시 쓰기도 마찬가지다.

 살포시 소리 없이
 차곡차곡 흰 눈이 오네

나뭇가지 위에 살포시
도로 위를 포근하게 덮네

내 마음속의 아픔 위를
오롯이 덮어주네

외로움을 감싸주고
그리움을 불러오는구나

살그머니 떨어지면서
대지의 목마름을 적셔주고

온종일 내 가슴의 서러움을
씻어주는구나

부드러운 너의 형체처럼
내 마음의 메마름에도

(중략)

예쁜 사랑의 연서가
네가 소리 없이 천지를 덮었듯이

고운 임의 소식이
소리 없이 날아오기를…
– 시 「눈의 능력」 전문

인간의 몸과 내면은 항상 균형과 조화를 추구한다. 그 균형과 조화의 다른 이름은 바로 평화, 안정, 안심이 아닐까 한다. 우리의 인생은 늘 혼란스럽고 불안정하다. 사랑은 넘치거나 모자라고, 느슨하거나 긴장되어 있다. 때로는 맺히거나 풀어져 있기도 하다. 그런 상황, 그런 부족한 나를 진단하고, 보살피고, 다스리는 일의 일환이 바로 글쓰기다. 그렇게 볼 때 건강한 나, 참다운 나를 창조하고 구축하는 일, 그것이 시 쓰기의 한 근거가 되리라.

　그런 의미에서 임선형 시인의 시집 『참 좋은 당신』에 담긴 103편의 시는 사랑의 마음으로 삶을 진단하고 성찰하는 열정과 진솔한 마음으로 가득하다. 시를 통해 말하되 삶의 균형을 이루고, 건강한 치유가 일어나는 것이다.

꽃잎이 물어 들인
어여쁜 걸음으로
가슴속 한켠으로
예쁜 꽃 하나둘
앞다퉈
피어난 사랑
고운 마음 시작해

네 마음 내게 주고
내 마음 네게 주며
너와 나 하나 되어
아픔도 씻어주듯

서로의
꿈을 키우며
사랑으로 살으리
– 시 「사랑」 전문

 시 읽기는 작가의 의도를 내 마음에 담는 과정이다. 그렇다면 시 쓰기는 내 생각을 나에게 털어놓는 과정이기도 하다. 그런 의미에서 시 쓰기는 그 자체로 기도이자 명상이 아닐까. 이것은 바로 삶의 치유와 연결된다.
 이때 시인은 자신의 상황이나 감정을 파헤쳐야 한다. 물론 자신의 상황을 더하거나 빼지 않고 솔직한 감정으로 표현하는 것이 매우 중요하다. 흘러나오는 자연스러운 마음을 막힘없이 적어내는 것, 그 진솔함이 생명이다. 물론 그 순간은 나와 또 다른 나의 대화의 시간이기도 하다. 이는 한번 시작하면 쉽게 끝낼 수가 없다. 사랑받고 있다고 느낄 때까지 사랑해야 하기 때문이다.

꽁꽁 얼어붙은 마음을 녹이고
깊숙한 곳에 묻어 두었던 말을
꺼내 놓고 싶은 사람이
단 한 사람이 그대였으면 좋겠습니다

고통에 연속이었던 그 시간을 꺼내면
가만히 가슴을 내주는 사람
기댈 수 있게 살그머니 어깨를 내미는 사람

서러움에 또르르 떨어지는 내 눈물을
부드러운 눈길로 바라보는 사람
손등으로 떨어지는 눈물을 닦아주는 사람

미처 치료하지 못했던 상처로 방황하면
어쭙잖은 충고보다는
그냥 그 자리에서 가만히 지켜봐 주는 사람

산 넘어 산인 내 삶에
지쳐가는 나에게
따끈한 차 한 잔 내주는 사람

아픔을 나누어 마실 수 있는
희망을 나누어 가질 수 있는
가슴을 내어 주는 그런 사람

껍데기가 아닌
입에 발린 말이 아닌
사랑이 뚝뚝 묻어나는 사람

맞잡은 손에 진심이 전해져 오는
따스한 사람이 그대였으면
참 평안이 내게 오겠습니다
— 시 「단 한 사람」 전문

　좋은 인간관계는 좋은 향기가 나는 법이다. 행복한 마음
은 곧바로 이웃에게 전염이 된다. 좋은 관계는 나를 사랑

하는 사람들을 통해 내 마음이 사랑과 행복으로 전해질 것이기 때문이다. 사람들과 관계가 좋으면 언제나 편안하고 좋다. 그래서 갈등이 있는 곳에는 배려와 존중이 있어야 한다. 주위에 있는 사람을 사랑한다면 이 문제는 해결되지 않을까?

갈등을 겪는 사람은 남의 변화를 통해서 그 문제를 해결하려고 한다. 그러나 그것은 어리석은 생각이다. 내 삶을 바꾸지 않으면 그것은 결코 성공할 수 없다. 나 자신을 바꾸는 일에서 시작되어야 한다. 그 방법의 하나가 바로 글쓰기가 아닌가 한다.

시인은 삶에서 배운 깨달음을 글로 실천해야 한다. 때로는 시행착오를 통해 배우기도 하고, 글로 자신의 적절한 목소리를 찾을 수도 있다. 물론 자신만의 독특한 목소리를 찾았을 때 그 쾌감은 이루 말할 수 없다. 그런데 분명한 것은 이것은 온전히 시를 쓰는 시인의 역할이자 몫이다.

여인네 속곳처럼
겹겹이 꿰어 맨
마음의 빗장을
하나하나 풀어냅니다

꽁꽁 동여매어
숨도 쉬지 못했던
가슴을 풀어헤치고

크게 심호흡을 한 번 하곤
단전에다 힘을 있는 대로
힘껏 주지요

그리곤
사방을 둘러봅니다.
혹여라도 누군가 들을세라
누군가 볼세라 확인이 되면

혼이 빠져나가도 좋을 만큼
통곡하기도 하고
목청이 찢어져라
미친 듯이 웃기도 합니다

그리고
가만히 나를 안고
토닥토닥

사랑해, 사랑해
사랑해, 선형아
괜찮아, 괜찮아
괜찮아. 선형아
  - 시 「긴장을 푸는 방법」 전문

 그러면 시인은 왜 시를 쓸까? 이것이 나이고, 나의 진실
이며, 나의 세상이라고 말하고 싶어서 글을 쓰는 것이 아

닐까? 나의 펜 끝에서 진실이 저절로 모습을 드러내야 한다. 결국 시를 쓰는 이유는 내가 무슨 생각을 하고 있으며 무엇을 바라보고, 그것이 무엇인지 알아내기 위한 것이다.

얼마 전, 어느 한 시인이 자신의 실력으로는 시집을 절대 출간할 수 없다고 선언했다. 시집을 내기에 창피하다는 것이다. 그 이유로 부끄럽다면서 주저한다. 그의 시가 훌륭한 시집으로 출간될 수 있음에도 서랍 속에서 혹은 컴퓨터에서 썩어가는 글감이 된 것이다. 얼마나 안타까운 일인가? 이 세상에는 두려워서 글로 쓰지 못한 시와 이야기가 얼마나 많겠는가?

어처구니없는 이야기로 들릴지 모른다. 임선형 시인도 마찬가지다. 모두 운에 맡겨야 한다. 그것은 기회인 동시에 자신을 조롱거리로 만드는 무시무시한 일이 될 수도 있다. 하지만 진실이 담긴 글이라면 행동으로 옮겨야 한다. 다시 말해 글을 쓰고 싶다면 기꺼이 모험을 감행해야 한다. 완벽한 글을 쓰기 위해서 10년을 미루고 20년을 미루어왔다고 하자. 그 이후에 글을 쓸 때도 이 책은 완벽하지도 않으며 결코 완벽할 수가 없다. 따라서 도전은 기회다.

사람들은 현실을 탈피하기 위해서 새로운 꿈을 찾는다. 그러나 시인들은 꿈이 현실이다. 그 운과 꿈은 우리가 열심히 글을 쓸 때 그저 열정에 이끌려 매진할 때만 찾아온다. 열정이 아니라면 몰입의 두려움이 원동력이 되기도 한다. 잠시라도 글을 쓰지 않으면 성공하지 못할 거라는 암

울한 두려움이 있어야 한다.

결론적으로 시 쓰기는 시어에 대한 애정, 문학에 대한 존경심, 끈기, 행운이 뒤엉켜 있는 보기 드문 조합이다. 그 때문에 시인의 시가 누군가에게 구원이 될 수 있다는 사실을 명심해야 한다.

재능과 이성에는 분명한 한계가 있다. 강력한 희망과 열정이 없으면 아무리 뛰어난 재능도 지식도 결국 시들고 만다. 어떤 일을 향해 나아가는 힘은 언제나 진솔한 마음에서 우러나오는 진정한 희망에서 시작된다. 훌륭한 재능과 뛰어난 이성이 있다고 해도 내 삶의 목적에 사용하려면 원동력이 필요하다. 그 원동력은 바로 희망이다. 글을 쓰는 그 꿈과 희망은 열정을 뿜어 올리기 때문이다. 어쩌면 글을 쓰고 싶다는 희망과 진솔한 마음이 있다면 온 우주가 돕겠다고 나서지 않겠는가.

임선형은 시인은 지금 꽃이고 싶고, 청춘이고 싶다. 그래서 시인은 도전한 것이다.

곱고 고운 꽃잔디가
가슴을 툭 치고
심장을 쿵 울리고
눈을 동그랗게 뜨게 하고
발걸음을 서두르게 하네

(중략)

아직은 꽃이고 싶네
아직은 사랑이고 싶네
아직은 내 임을 보고
예쁜 꽃처럼 고운 미소
함께 하고 싶은 청춘이고 싶네
– 시 「꽃잔디 추억과 사랑」일부

지금 심장이 뛰고 있다면 시를 써야 한다. 나이가 들어도 새로움에 대한 기대가 있다면 그는 언제나 젊은이다.

그래서 시인은 날마다 새로워져야 한다. 새로운 지식에 눈을 뜨고 자신만의 독특한 개성으로 자신만의 목소리를 내야 한다. 그래서 시인은 항상 젊게 살아야 한다.

시인은 날마다 새로워져야 한다. 때로는 어린아이처럼 순수해지고 더 많이 궁금해야 한다. 변하면 새로워지고 새로워지면 젊어지기 때문이다.

고운 일들로 가득한 고운
땅 하늘에게 귀한 것은 달과 별입니다
에게 귀한 건 대지 위에 꽃과 열매이며
나에게 귀한 이는 이 글을 읽고 있는 당신입니다

그대를 사랑한다는 말은 할 수 없어도
그대를 사랑하는 마음은 보여줄 수 있습니다

나는 그대를 만날 때 보다
그대를 생각할 때가 더 행복합니다

오늘도 기도드립니다
오늘도 그대의 하루가
날이 되기를…
— 시 「귀한 이에게」 전문

 임선형 시인에게는 고귀한 소명이 하나 있다. 나를 거쳐
가는 사람들이 행복하게 하는 것이다. 내가 그들의 삶에
좋은 통로가 되면 어떨까? 나의 시를 읽은 사람들, 내가
만났던 사람들, 처음 만날 때보다 얼굴이 더 환해졌으면
좋겠다. 더 큰 자신감을 얻고 더 행복했으면 좋겠다.
 아름다운 글로 행복한 세상을 꿈꾸는 일, 바로 글을 쓰는
임 시인의 역할이 아니겠는가.
 어려운 상황 속에서도 끈기와 인내, 그리고 열정으로 첫
시집을 출간한 새내기 임선형 시인을 응원한다. 지속적인
시 쓰기를 통해서 행복을 경험하는 시인이길 기원한다.

■ 글벗시선 137 임선형 첫 시집

참 좋은 당신

인 쇄 일 2021년 6월 20일
발 행 일 2021년 6월 20일
지 은 이 임 선 형
펴 낸 이 한 주 희
펴 낸 곳 도서출판 글벗
출판등록 2007. 10. 29(제406-2007-100호)
주   소 경기도 파주시 와석순환로 16,(야당동)
　　　　　롯데캐슬파크타운 905동 1104호
홈페이지 http://guelbut.co.kr
E-mail juhee6305@hanmail.net
전화번호 031-957-1461
팩   스 031-957-7319
가   격 12,000원
I S B N 978-89-6533-181-0 04810